1902 (Mai 10)

Collection F. M...

Aquarelles

DESSINS

TABLEAUX

MAI 1902

Mᵉ Paul CHEVALLIER
Commissaire-Priseur

M. Paul ROBLIN
Expert

COLLECTION F. M...

—

AQUARELLES
TABLEAUX, DESSINS

Pièces sur les Sports

Recueils

IMPRIMERIE

DE LA

GAZETTE DES BEAUX ARTS

8, rue Favart

CATALOGUE

d'Aquarelles

TABLEAUX, DESSINS

Pièces sur les Sports

Sujets Militaires, Albums de Dessins

ŒUVRES DE

**Adam, Barye, Bellangé, Bida, Bodmer
P. Bonheur, Boudin, J.-L. Brown
Charlet, Français, Garneray, Hervier, Jongkind
Lalaisse, Lami, Lœillot, Madou, Ad. Marie
Monnier, O. de Penne, Raffet, Saint-Marcel
Van Marcke, Vernet, Veyrassat, Winterhalter**

composant la

Collection de M. F. M...

ET DONT LA VENTE AUX ENCHÈRES PUBLIQUES AURA LIEU

Hôtel des Commissaires-Priseurs, 9, rue Drouot, Salle N° 7

Le Samedi 10 Mai 1902, à 2 heures

Commissaire-Priseur :	*Expert :*
Mᵉ PAUL CHEVALLIER	M. PAUL ROBLIN
10, rue Grange-Batelière	65, rue Saint-Lazare

Exposition publique le Vendredi 9 Mai 1902
de 1 h. 1/2 à 5 h. 1/2

CONDITIONS DE LA VENTE

Elle sera faite au comptant.

Les acquéreurs paieront *dix pour cent* en sus des prix d'adjudication.

DÉSIGNATION

Tableaux

ANDRIEUX

1 — Épisode de la guerre de Vendée.

Toile. Signée et datée 58.

(Haut. 0,25, larg. 0,35).

BONHEUR (J. Peyrol)

2 — Étude de Daims.

Toile. Signée à gauche.

(Haut. 0,37, larg. 0,45).

BONHEUR (J. Peyrol)

3 — Étude de deux Veaux.

Panneau. Signé à gauche.

(Haut. 0,15, larg. 0,22)

BONHEUR (J. Peyrol)

4 — Étude de six têtes de Vaches et de Tau-
reaux.

Toile. Signée à gauche.

(Haut. 0,22, larg. 0,31).

BONHEUR (J. Peyrol)

5 — Étude de cinq têtes de Moutons.

Panneau. Signé à gauche.

(Haut. 0,30, larg. 0,38).

BONHEUR (J. Peyrol)

6 — Vaches dans un pâturage,

Panneau. Signé à droite.

(Haut. 0,15, larg. 0,23).

BROWN (John-Lewis)

7 — Promenade du Soir.

Bois. Signé.

(Haut. 0,17, larg. 0,12).

DEVERIA (Eugène)

8 — Jeune femme assise dans un atelier d'artiste.

Toile.

(Haut. 0,35. larg. 0,41).

LUNA (Ch. de)

9 — Piqueurs, époque du Second Empire.

Toile. Signée à gauche.

(Haut. 0,40, larg. 0,53).

ROUSSEAU (Philippe)

10 — Nature morte, poissons de mer.

Panneau. Signé des initiales à droite.
Au verso : *Donné par l'ami Ph. Rousseau, le Vendredi-Saint 1853.*

(Haut. 0,095, larg. 0,135).

Aquarelles, Dessins

ADAM (Victor)

11 — Napoléon à cheval. Deux compositions
dans le même cadre.

Études au crayon noir.

(Haut. 0,20, larg. 0,28.

ADAM (Victor)

12 — Sujets de courses et études de chevaux.

Mine de plomb et aquarelle.

(Haut. 0,15. larg. 0,25).

BALU

13 — Étudiant et Grisette.

Aquarelle. Signée des initiales.

(Haut. 0,19, larg. 0,14).

BARYE (Antoine-Louis)

14 — Tigre se roulant sur un tertre.

Belle aquarelle. Signée.

(Haut. 0,17, larg. 0,24).

BARYE (Antoine-Louis)

15 — Biche aux aguets.

Belle aquarelle. Signée (Vente Doria).

(Haut. 0,10, larg., 0,11).

BELLANGÉ (Hippolyte)

16 — Marche de Grenadiers de la Garde sur un champ de bataille, en hiver.

Au premier plan, un général regarde le régiment en marche, dont le commandant donne un ordre. A gauche, un cheval tué et à droite le corps d'un officier étranger. A l'horizon des nuages de fumée laissent apercevoir un moulin au pied duquel sont des caissons et une batterie d'artillerie.

Très belle aquarelle.

(Haut, 0,24, larg. 0,33).

BIDA (Alexandre)

17 — Ensevelissement en Mer.

Crayon noir. Signé.

(Haut. 0,45, larg. 0,33).

BIDA (Alexandre)

18 — Lutte de Jacob et de l'Ange.

Crayon noir sur papier bleu.

(Haut. 0,17, larg. 0,24).

BIDA (Alexandre)

19 — Moïse tenant les Tables de la Loi.

Crayon noir rehaussé de blanc sur papier bleu. Signé.

(Haut. 0,24, larg. 0,17).

BODMER (Karl)

20 — Canards sauvages.

Crayon noir. Signé.

(Haut. 0,32, larg. 0,23).

BODMER (Karl)

21 — Cerf aux écoutes.

Crayons de couleur. Signé.

(Haut. 0,48, larg. 0,65).

BODMER (Karl)

22 — Cerf se frottant contre un tronc d'arbre.

Crayon noir. Signé des initiales.

(H. 0,45, larg. 0,57).

BODMER (Karl)

23 — Combat de Cerfs.

Crayon noir. Cachet de la vente de l'artiste.

(Haut. 0,30, larg., 0,49).

BODMER (Karl)

24 — Renard en maraude.

Crayon noir. Signé.

(Haut. 0,48, larg. 0,31).

BOILLY (Louis)

25 — Embrasse-moi ma Sœur.

Crayon noir et estompe rehaussé de gouache. A été lithographié. Cadre ancien en bois sculpté et doré.

(H. 0,26, larg. 0,20).

BONNEFOY (Henry)

26 — Moutons à l'étable.

Au lavis d'encre de Chine rehaussé de gouache
Signé.

(Haut. 0,27, larg. 0,19).

BONNEFOY (Henry)

27 — Poste avancé.

Plume et aquarelle.

(Haut. 0,26, larg. 0,17).

BOUDIN (Eugène)

28 — Port de Rotterdam.

Aquarelle. Signée et datée du 15 juin 1876.

(Haut. 0,20, larg. 0,32).

BOUDIN (Eugène)

29 — Bateaux sur la plage de Scheveningue.

Aquarelle. Signée et datée 1885.

(Haut. 0,20, larg. 0,32).

BOUDIN (Eugène)

30 — Pardon des femmes à Sainte-Marguerite.
Deux sujets dans le même cadre.

Aquarelles. Signées.

(Haut. 0,14, larg. 0,18).

BOUDIN (Eugène)

31 — Pardon des hommes à Plougastel.

Aquarelle. Cachet de l'artiste.

(Haut. 0,21, larg. 0,26).

BOUDIN (Eugène)

32 — Le Soir.

Aquarelle. Signée.

(Haut. 0,12, larg. 0,22).

BOUDIN (Eugène)

33 — Études de Moutons. Deux dessins dans
le même cadre.

Mine de plomb. Cachet de l'artiste.

(Haut. 0,11, larg. 0,15).
(Haut. 0,14, larg. 0,21).

BROWN (John-Lewis)

34 — L'Avenue du Bois de Boulogne.

Aquarelle. Cachet de l'artiste.

(Haut. 0,30. larg. 0,27).

BROWN (John-Lewis)

5 — Tête d e Cheval.

Etude au pastel. Signée des initiales, 9 mai 1867.

(Haut. 0,32. larg. 0,24).

CHAM

36 — « Vous étiez donc bien intime avec cet Ours. »

Plume et aquarelle. Signé.

(Haut. 0,14, larg. 0,12).

CHANDELIER (J.)

37 — Barques de Pêche.

Aquarelle. Signée.

(Haut. 0,17, larg. 0,20).

CHARLET (Nicolas-Toussaint)

38 — Napoléon sur son cheval blanc.

> Important dessin au crayon noir et à l'estompe, rehaussé de gouache et de crayons de couleur, resté inachevé.
>
> Au bas : 30 décembre 1845. Dernière pensée de Charlet.
>
> Dans le Catalogue du Colonel de La Combe on lit, page 199 : « *Dans les derniers jours, on portait Charlet mourant à son fauteuil ; mais le crayon à la main, ses yeux s'animaient, la parole lui revenait et sur son pâle visage brillaient la vie et le génie.*
>
> « *Vois, ma chère, disait-il à sa femme la veille de sa* « *mort, en lui montrant son dessin, cela ne ressemble-t-il* « *pas à Géricault ?* »
>
> C'est ce dessin que nous mettons en vente, avec une attestation manuscrite, signée par sa belle-fille et par son petit-fils.
>
> (Haut. 0,44, larg. 0,34).

CHARLET (Nicolas-Toussaint)

39 — Napoléon Iᵉʳ, à mi-corps.

> Etude à la mine de plomb, la tête terminée est rehaussée de gouache.
>
> (Haut. 0.16. larg. 0,13).

CHARLET (Nicolas-Toussaint)

40 — Groupe d'Écoliers.

> Sépia. Signé.
>
> (Haut. 0.15, larg. 0,11).

CHARLET (Nicolas-Toussaint)

41 — Charge d'Infanterie.

Mine de plomb (Collection Lalaisse).

(Haut. 0,10, larg. 0,22).

CHARLET (Nicolas-Toussaint)

42 — Feuille de croquis : scène familiale et costumes militaires.

Mine de plomb et sépia (Collection Lalaisse).

(Haut. 0,22, larg. 0,21).

CHARLET (Nicolas-Toussaint)

43 — La Gouvernante du Curé.

Sépia. Signé (Collection De La Combe).

(Haut. 0,070, larg. 0,065).

CHARLET (Nicolas-Toussaint)

44 — Recueil de quarante-trois croquis de Costumes, Caricatures, Portraits-charges,
Mayeux, Types de la rue, etc. Dessinés
à la mine de plomb et au crayon noir,
réunis en un album in-4 obl. cart.

COROT (Camille)

45 — Clocher dominant un jardin à Hazebrouck (Nord).

Mine de plomb. Cachet de la vente du Maître.

(Haut. 0,28, larg. 0,28).

DECAMPS (Alexandre-Gabriel)

46 — Enterrement d'un Vagabond.

Mine de plomb. Signé des initiales.

(Haut. 0,11, larg. 0,15).

DELACROIX (Eugène)

47 — Étude de femme assise, vue de dos.

Mine de plomb. Cachet de la vente du Maître.

(Haut. 0.11, larg. 0,21).

DELACROIX (Eugène)

48 — Hercule terrassant un Lion.

Mine de plomb, sur papier végétal. Cachet de la vente du Maître.

(Haut. 0,21, larg. 0,25).

DETAILLE (Edouard)

49 — Joueur de Guitare.

Plume. Signé et dédié à l'ami Bosch.

(Haut, 0,17, larg. 0 11).

DEVÉRIA (Achille)

50 — Le Baiser à la dérobée.

Crayon noir, rehaussé de gouache et de sanguine. Signé des initiales.

(Haut. 0.19, larg. 0.27).

DIVERS

51 — Recueil contenant soixante-neuf dessins et aquarelles de Blondeau, Lesaché, Mesplès, Riou, Devéria et autres. Représentant des modèles d'Affiches, Pavois, Armoiries, Marques de fabrique, Prospectus, Sujets d'enfants, Étiquettes, Motifs pour boutons, Costumes militaires, Couverture pour l'Abbé Constantin, etc., etc., réunis en un Album gr. in-4 obl. rel. maroq. vert, orn. sur les plats.

DIVERS

52 — Recueil contenant soixante-douze dessins, aquarelles et croquis, par ou attribués à Albert et Victor Adam, Lalanne, Ch. de Luna, Raffet et autres. Représentant des Types de Chasseurs, Gibier mort, Etudes d'animaux domestiques et sauvages, Courses, Scènes de chasse, Écuyers de manège de Saumur, Paysages, Pont de Moret, Ferme à Juvisy, Église de Nogent-le-Roi, Vues de Rouen et de Caen, etc., le tout réuni en un Album gr. in-4 en larg. rel. chag, vert, orn, sur les plats.

ÉCOLE FRANÇAISE

53 — Portrait de l'Abbé Sicard, fondateur de l'Institution des Sourds-Muets.

Crayon noir rehaussé de gouache.

(Haut. 0.17, larg, 0,15).

FRANÇAIS (François-Louis)

54 — Paysage de Montagne.

Aquarelle. Vente de l'Artiste.

(Haut. 0,18, larg. 0,26).

FRANÇAIS (François-Louis)

55 — La Moraine. Étude faite en Suisse.

Plume et lavis gouaché. Signé.

(Haut. 0,29, larg. 0,43).

GARNERAY (Hippolyte)

56 — Au bord de l'étang.

Aquarelle. Signée.

(Haut, 0,11, larg. 0,15).

GÉLIBERT (Jules)

57 — Chienne et son Chiot.

Aquarelle. Signée.

(Haut. 0,19, larg. 0,27).

GÉLIBERT (Jules)

58 — Épagneul rapportant une Perdrix.

Pierre noire et aquarelle. Signé.

(Haut, 0,52, larg. 0,40).

GENGEMBRE

59 — Lion rugissant.

Crayon noir et estompe.

(Haut. 0,19, larg, 0,23).

GÉNIOLE (Ad.)

60 — Portrait de Femme.

Mine de plomb rehaussé de crayons de couleur. Signé et daté 1832.

(Haut. 0,26, larg. 0,21).

GÉRICAULT (Théodore)

61 — Feuille d'études, Cavalier et Garçon d'écurie.

Croquis à l'aquarelle, fait pendant son séjour en Angleterre.

(Haut. 0,31, larg. 0,39).

GIRARDET (Karl)

62 — Les Lavandières et essais de croquis.

Mine de plomb, rehaussé d'aquarelle. Cachet de la vente de l'artiste.

(Haut. 0,13, larg. 0,21).

GONCOURT (Jules de)

63 — Étude d'enfant.

Aquarelle. Signée. *Ste-Adresse 50.*

(Haut. 0,24, larg. 0,15).

GRANIÉ

64 — Tête de Femme.

Etude au crayon noir rehaussée de sanguine. Signée.

(Haut. 0,20, larg. 0,17).

GUDIN (Théodore)

65 — Marine.

Sépia. Signé et daté 1830.

(Haut. 0.11, larg. 0,17).

GUILLAUMET (Gustave)

66 — Jeune Arabe.

Crayon noir rehaussé de pastel. Signé.

(Haut. 0,29, larg. 0,19)

HERVIER (Adolphe)

67 — Port de Honfleur.

Mine de plomb. Signé et daté 1852.

(Haut. 0,15, larg. 0,20).

HERVIER Adolphe)

68 — Cabanes à Granville. — Route à Pontoise. Deux sujets dans le même cadre.

Aquarelles. Signées et datées 1866.

(Haut. 0,10, larg. 0,14).

JACQUE (Frédéric)

69 — Soleil couchant.

Mine de plomb. Signé.

(Haut. 0,07, larg. 0,11).

JONGKIND (Johann-Barthold)

70 — Marines. Deux sujets de forme ronde dans le même cadre.

Aquarelles. Signées.

(Diam. 0,09).

JONGKIND (Johann-Barthold)

71 — Paysages Hollandais. Quatre dessins dans le même cadre.

Aquarelles. Signées.

(Haut. 0,10, larg. 0,14).

KWIATKOWSKY (F.)

72 — Voiture d'enfants. — Barques de Pêche. Deux compositions.

Aquarelles. Signées.

(Haut. 0,095, larg. 0,14).
(Haut. 0,065, larg. 0,14).

LALAISSE (Hippolyte)

73 — Recueil de vingt-neuf dessins à la mine de plomb rehaussés d'aquarelle représentant des Études d'animaux domestiques et sauvages, dessinés d'après nature à la Ménagerie du Jardin des Plantes, pendant l'année 1866. Gibier mort, etc. Le tout réuni dans un Album in-4 en larg. rel. maroq. noir, tr. rouge.

LALAISSE (Hippolyte)

—Recueil de soixante-quinze croquis de Costumes, Études de Chevaux et Paysages, dessins à la mine de plomb et quelques-uns rehaussés d'aquarelle. Réunis en un Album in-4 obl. demirel. mar. gr. avec coins.

LALAISSE (Hippolyte)

75 — Jockey roulant avec son cheval.

Plume et lavis.

(Haut. 0,22, larg. 0,30).

LALAISSE (Hippolyte)

76 — Soldats d'Infanterie.

Deux dessins au crayon noir rehaussé de pastel.

(Haut. 0,36, larg. 0,21).

LALAISSE (Hippolyte)

77 — Cheval de trait à l'écurie.

Crayon noir.

(Haut. 0,24, larg. 0,33).

LALAISSE (Hippolyte)

78 — Chevaux à l'écurie. Deux dessins dans le même cadre.

Crayon noir rehaussé de pastel.

(Haut. 0,18, larg. 0.25).
(Haut. 0,22, larg. 0,28).

LAMI (Eugène)

79 — L'Escalier de Buckingham-Palace un jour de réception.

Superbe aquarelle. Signée et datée 1837. (Provient de la Collection de San-Donato).
Cadre en bois sculpté

(Haut. 0,26, larg. 0,21).

LAMI (Eugène)

80. — Exhibition de bestiaux à Windsor, au pied du Château.

Superbe aquarelle. Signée. (Provient de la Collection de San-Donato.)

(H. 0,20, larg. 0,36).

LAMI (Eugène)

81 — John Knox prêchant devant Marie Stuart.

Belle aquarelle sur papier photographique. Réplique avec variantes de l'original, provenant de la Collection Hartmann. Signée et datée M D CCC LXXX.

(Haut. 0,30, larg. 0,45).

LAMI (Eugène)

82 — La Sortie de la Chapelle.

Aquarelle. Signée des initiales. Cadre ancien en bois sculpté et doré.

(Haut. 0,16, larg. 0,10).

LAMI (Eugène)

83 — L'Entrée du Parc.

Trés belle aquarelle. Signée.

(Haut. 0,18, larg. 0,20).

LAMI (Eugène)

84 — Voiture de Gala sortant d'un parc.

Belle aquarelle. Signée.

(Haut. 0,14, larg. 0,19).

LAMI (Eugène)

85 — Voiture de Masques.

Très belle aquarelle. Signée des initiales et datée 1868. Cadre en bois sculpté.

(Haut. 0,20, larg. 0,29).

LAMI (Eugène)

86 — Relai de Chevaux de Coach.

Très fine aquarelle. Signée et datée 1825.

(Haut. 0,10, larg. 0,18).

LAMI (Eugène)

87 — Chagrin domestique.

Plume et aquarelle.

(Haut. 0,13, larg. 0,24)

LAMI (Eugène)

88 — Revue des troupes françaises devant le Sultan.

Mine de plomb et aquarelle. Signée des initiales et datée 1856.

(Haut. 0,17, larg. 0,35).

LAMI (Eugène)

89 — Porte-étendard; costume Louis XVI.

Aquarelle. Cadre ancien en bois sculpté et doré.

(Haut. 0,17, larg. 0,11).

LAMI (Eugène)

90 — Un Incroyable de 1793.

Aquarelle. Signée des initiales.

(Haut. 0,20, larg. 0,14).

LAMI (Eugène)

91 — Amazone à la chasse. Composition tirée des Romans de Walter Scott.

Belle aquarelle inachevée.

(Haut. 0,21, larg. 0,20).

LAMI (Eugène)

92 — Costume de Mariée.

Mine de plomb et aquarelle. Signée.

(Haut. 0,25, larg. 0,18).

LAMI (Eugène)

93 — Paravent Louis XV.

Aquarelle. Signée des initiales.

(Haut. 0,19, larg. 0,25).

LAMI (Eugène)

94 — Recueil de quatre-vingt-quatorze dessins croquis et aquarelles dont : plusieurs dessins et caricatures de la jeunesse de l'artiste. — Épisodes et batailles de la guerre d'Espagne de 1823, Costumes militaires, Officiers des différents corps de cavalerie au Camp de Lunéville en 1826, Projets de costumes et coiffures militaires, Affaire Fieschi, Paysages. Illustrations pour les Œuvres de Walter-Scott, Scènes de Chasseurs, Chevaux et Cavaliers, etc., etc. Bat-l'eau d'un Cerf dans un étang, Course de bateaux sur la Tamise (1re pensée pour le Voyage en Angleterre). Voitures et Équipages (1res pensées pour les Tribulations des gens à équipages et les Quartiers de Paris), Études et croquis pour la Vie de Château, Costumes Anglais, Projet de groupe, Marie Stuart à Lochleven, Lord Seymour en tilbury en 1832, Voitures de gala et de cérémonie. Pet. in-fol. obl. maroq. grenat.

LAMI (Eugène)

95 — Recueil de vingt-huit dessins et aquarelles dont ; Les Portraits de S. A. R. la Duchesse d'Orléans (aquarelle), signée et datée Claremont 1849, et de S. A. R. le Duc d'Orléans, en uniforme et à cheval (sepia rehaussé de gouache). Officier de lancier en buste, Belle étude de portrait de femme, Études pour ses tableaux de Versailles, Piper écossais, Cour du Château de Blois 1838, Études et croquis pour l'équipage de Rambouillet, Portraits de MM. De Magneux, de Lauriston, de Caux, De Toustain, Duc de La Rochefoucault, Duc d'Ayen, A. de Montesquiou, Standish. Études de Piqueurs, Napoléon III rentrant au Château de Compiègne après la chasse à tir, Rabatteurs. Études de Zouaves, etc. In-fol. en larg. demi-rel. chag. gr. avec coins (Plusieurs feuillets sont dessinés au recto et au verso).

LANDSEER (Sir Edwin)

96 — Études de Chiens et de Gibier. Quatre dessins dans le même cadre.

Croquis à la mine de plomb. Signés des initiales.

LEMAN (Jacques)

97 — Louis XIV chez madame de Montespan.

Lavis rehaussé de gouache.

(Haut. 0,15, larg. 0,25).

LE NAIL

98 — La Mort du Lièvre.

Aquarelle. Signée.

(Haut. 0,11, larg. 0,18).

LOEILLOT-HARTWIG (Karl)

99 — Collection de vingt dessins pour « l'Ami
du Cheval » scènes instructives sur
l'existence de ce noble et intéressant
animal, traitant spécialement de la
diversité de sa race, de son utilité
comme de son agrément, de la variété
de sa robe, de ses allures élégantes,
de son traitement, etc. Paris 1854, avec
deux titres manuscrits.

A la mine de plomb. Plusieurs sont lavés de sépia
ou d'encre de Chine.

LOEILLOT-HARTWIG (Karl)

100 — Études pour la gravure des Vétérans et
Vivandières, « Armée Française d'Am-
bert 1835 ».

Croquis à la plume.

(H. 0,205, larg. 0,075).

MADOU (Jean-Baptiste)

101 — Sortie de Bal masqué.

Plume et aquarelle. Signé.

(Haut. 0,070, larg. 0,055).

MADOU (Jean-Baptiste)

102 — Bal masqué

Mine de plomb.

(Haut. 0,11, larg. 0,17).

MARIE (Adrien)

103 — Femme Bretonne.

Aquarelle. Cachet de l'artiste.

(Haut. 0,16, larg. 0,12).

MARIE (Adrien)

104 — Retour au foyer.

Plume et lavis. Cachet de l'artiste.

(Haut. 0,14, larg. 0,11).

MARIE (Adrien)

105 — Jeune Garçon à cheval.

Aquarelle. Cachet de l'artiste.

(Haut. 0,32, larg. 0,42).

MARIE (Adrien)

106 — Étude de Cheval.

Aquarelle. Cachet de l'artiste.

(Haut. 0,24, larg. 0,33).

MELIN

107 —Bull-terriers. — Chasse au Blaireau.
Deux dessins dans le même cadre.

Mine de plomb. Cachet de la vente de l'artiste

(Haut. 0,09, larg. 0,13).
(Haut. 0,095, larg. 0,15).

MELIN

108 — Chiens-courants.

Mine de plomb: Cachet de la vente de l'artiste.

(Haut. 0,14, larg. 0,23)

MELIN

109 — Meute et Valets de Chiens.

Plume et aquarelle. Cachet de la vente de l'artiste.

(Haut. 0,12, larg. 0,22).

MONNIER (Henry)

110 — Un Bourgeois d'Alençon.

Mine de plomb. Signé Henry Monnier, Alençon. Décembre 1837.

(Haut. 0,24, larg. 0,18).

MONNIER (Henry)

111 — Retour des Matelots anglais.

Plume et aquarelle. Signé (Première pensée pour le Voyage en Angleterre).

(Haut. 0.13, larg. 0,17).

MONNIER (Henry)

112 — Portrait de Girodet d'après Boilly. Musée
de Lille, août 1866.

Aquarelle.

(Haut. 0,20, larg. 0,13).

NEUVILLE (Alphonse de)

113 — Paysan Breton.

Mine de plomb. Signé.

(Haut. 0,33, larg. 0,21).

PAUQUET (Hippolyte)

114 — Balzac et la Duchesse.

Aquarelle. Signée et datée 1841.

(Haut. 0,19, larg. 0,15).

PENNE (O. de)

115 — Valet de limier faisant le bois.

Très belle aquarelle rehaussée de gouache. Signée.

(Haut. 0,16, larg. 0,21).

PENNE (O. de)

116 — Chiens de meute à l'eau.

Plume. Signé.

(Haut. 0,43, larg. 0,29).

PENNE (O. de)

117 — Hallali de Cerf.

Croquis à la plume. Signé.

(Haut. 0,19, larg. 0,27).

PENNE (O. de)

118 — Groupe de Chiens d'arrêt.

Mine de plomb. Signé.

(Haut. 0,24, larg. 0,17).

PENNE (O. de)

119 — Groupe de Chiens-courants.

Mine de plomb. Signé.

(Haut. 0.25, larg. 0,16).

PENNE (O. de)

120 — Groupe d'Épagneuls.

Mine de plomb. Cachet de l'artiste.

(Haut., 0,33, larg. 0,24).

PENNE (O. de)

121 — Lévriers d'Afrique.

Crayon noir. Cachet de l'artiste.

(Haut. 0,32, larg. 0,40).

PENNE (O. de)

122 — La Mort du Chevreuil.

Étude au crayon noir. Signé.

(Haut. 0,20, larg. 0,31).

PENNE (O. de)

123 — Perdreau mort en l'air.

Aquarelle. Signée.

(Haut. 0,15, larg, 0,15).

PENNE (O. de)

:24 — Deux Setters sur un Lièvre mort.

Croquis à la plume.

(Haut. 0,29, larg. 0,38).

PENNE (O. de)

125 — Setters en arrêt.

Croquis à la plume.

(Haut. 0,29, larg. 0,38).

RAFFET (Auguste)

126 — Massacre des Polonais à Fischau.

Beau dessin à la mine de plomb rehaussé d'aquarelle. Signé. Au verso, feuille de croquis.

(Haut. 0,20, larg. 0,29).

RAFFET (Auguste)

127 — Épisode de la campagne de Russie.

Important dessin à la sépia, rehaussé de gouache
d'après le célèbre tableau de Charlet.
Cadre ancien en bois sculpté et doré de l'époque
Louis XIII.

(Haut. 0,165, larg. 0,240).

RAFFET (Auguste)

128 — Bonaparte au Bivouac.

Au lavis de sépia rehaussé de gouache. Signé et daté 1838.

(Haut. 0,09, larg. 0,12).

RAFFET (Auguste)

129 — 13 Vendémiaire (Église St-Roch).

Au lavis de sépia. Signé.

(Haut. 0,09, larg. 0,12).

RAFFET (Auguste)

130 — Bonaparte et un représentant du peuple dans une tranchée à Toulon.

Dessin à la mine de plomb sur bloc de buis. Signé. N'a pas été gravé dans l'histoire de Napoléon de Norvins.

(Haut. 0.085, larg, 0,095).

RAFFET (Auguste)

131 — Marchande de Noix à Malines.

Aquarelle.

(Haut. 0,16, larg. 0,12).

ROQUEPLAN (Camille)

132 — Croquis de Portraits et de Costumes.
Six sujets dans le même cadre.

Aquarelles.

SAINT-MARCEL (Edme)

133 — Cerf mort.

Crayon noir. Signé.

(Haut. 0,22, larg. 0,41).

SAINT-MARCEL (Edme)

134 — Lion couché.

Sanguine. Cachet de la vente de l'artiste

(Haut. 0,19, larg. 0,34).

SAINT-MARCEL (Edme)

135 — Loup couché.

Crayon noir. Signé.

(Haut. 0,13, larg. 0,22).

SAINT-MARCEL (Edme)

136 — Renard de France.

Crayon noir rehaussé de pastel. Signé des initiales.

(Haut. 0,19, larg. 0,27).

SAINT-MARCEL (Edme)

137 — Étude de deux tigres.

Crayon noir. Signé.

(Haut. 0,25, larg. 0,33).

SAINT-MARCEL (Edme)

138 — Tigre Royal.

Crayon noir et mine de plomb. Signé.

(Haut. 0,28, larg. 0,44).

SAINT-MARCEL (Edme)

139 — Vautour aux ailes déployées.

Crayon noir. Signé.

(Haut. 0,28, larg. 0,45).

SAINT-MARCEL (Edme)

140 — Un Vieux tonnelier.

Crayon noir. Signé des initiales.

(Haut. 0,27, larg. 0,40).

SMITH (Alfred)

141 — Une averse, place de la Concorde.

Crayon noir. Signé et daté 1873.

(Haut. 0,37, larg. 0,30).

SPALDING

142 — Chasse au Renard.

Aquarelle. Signée et datée 1838.

(Haut. 0,21, larg. 0,19).

VAN MARCKE (Émile)

143 — Les Vaches à la mare.

Très beau dessin au crayon noir rehaussé de gouache. Signé et dédié à son ami Yon.

(Haut. 0,27, larg. 0,38).

VAN MARCKE (Émile)

144 — Études de Moutons et de Porcs.

> Plume et crayon noir. Cachet de la vente de l'artiste.
>
> (Haut. 0,38, larg. 0,43).

VAN MARCKE (Émile)

145 — Vache couchée.

> Crayon noir rehaussé de gouache. Signé.
>
> (Haut. 0,24, larg. 0,36).

WERTHEIMER

146 — Lion couché.

> Crayon noir. Signé et daté 1866. Cachet de la vente
> de l'artiste.
>
> (Haut. 0,21, larg. 0,28).

VERNET (Horace)

147 — Portrait de S. A. R. le Prince de Join-
ville, au retour de l'expédition de
Saint-Jean d'Ulloa, 1838.

> Mine de plomb. Signé des initiales.
>
> (Haut. 0,15, larg, 0,13).

VEYRASSAT (Jacques-Jules)

148 — Chasse à la Sauvagine.

Aquarelle. Signée.

(Haut. 0.12, larg. 0,21).

VILLIERS (Édw. de)

149 — Lapin mort.

Crayon noir. Signé.

(Haut. 0,27, larg. 0,21).

VUES

150 — Recueil de trente-huit dessins à la mine de plomb représentant les principaux Monuments et les plus belles Places et Rues de Paris, Versailles, Saint-Cloud, Fontainebleau, etc., exécutés vers 1870. In-4 demi-rel. chag. vert avec coins.

WEBER (Th.)

151 — Barques de Pêche, Départ pour la Pêche. Deux dessins dans le même cadre.

Plume et mine de plomb. Signés.

(Haut. 0,13, larg. 0,09).
(Haut. 0,10. larg. 0,14).

YON (Édouard)

152 — Le Pont de Limay.

Aquarelle. Signée.

(Haut. 0,25. larg. 0,19).

WINTERHALTER (François-Xavier)

153 — Son carnet de croquis, composé de vingt-deux feuilles dessinées pour la plupart au recto et au verso : représentant des études prises à Londres, à Worthingham, à Sevenoaks, etc., un croquis du Prince de Galles enfant, La Reine Victoria (en mai 1855), assistant dans sa Loge à la représentation de la Traviata, etc. etc. Le tout réuni en Album in-4 obl. demi-rel. maroq. noir avec coins.